I0730617

# DISSERTATION

## SUR LES

# CENTAURES & LES AMAZONES,

### PAR LE CHEVALIER DE PARAVEY,

#### Du Corps du Génie.

DÉPOT LÉGAL
Loire
N° No
18 66

### I.

Existence des peuples réputés fabuleux. — Erreur de
M. de Humboldt. — Importance des livres chinois
pour l'histoire des divers peuples anciens. — Figures
chinoises des hommes à pieds de chevaux. — Les
peuples à pieds de chèvres. — Les Centaures des
Grecs sont les *Ting-ling* des Chinois.

Beaucoup de personnes pensent que tout ce
qui nous est rapporté par les auteurs grecs et la-
tins sur les *Centaures*, les *Amazones*, les *Ari-
maspes*, les *Gryphons*, est entièrement fabuleux; et malgré son esprit pénétrant, M. le baron
de Humboldt a aussi nié l'existence de ces peuples, dans son ouvrage sur l'*Histoire de la dé-
couverte de l'Amérique.*

En 1838, M. de Paravey avait écrit à Berlin,
pour lui dire qu'il admettait, au contraire, que des
peuples puissants et célèbres avaient porté ces
noms, dont l'origine est hiéroglyphique; il lui
annonçait également que ces peuples existaient

1866 C.

encore en Asie et en Europe , et que, soit par les cartes géographiques, soit par les descriptions que nous offrent les livres du Japon et de la Chine, il pouvait même assigner à quelles nations actuelles ces noms symboliques avaient été autrefois appliqués. Ce n'est en effet qu'ainsi qu'on peut arriver à l'explication de l'histoire des peuples prétendus fabuleux.

A cause des preuves qu'il avait données à M. de Humboldt sur l'existence des peuples réputés imaginaires, M. de Paravey eut lieu de penser qu'il avait puissamment modifié les idées de ce savant voyageur , et que celui-ci s'occuperait en conséquence de ces nations elles-mêmes. M. de Paravey lui avait en effet indiqué les livres qui pouvaient l'éclairer sur ces peuples , et lui avait même demandé d'en obtenir la traduction , aux frais du roi de Prusse ou par la munificence de l'empereur de Russie.

Il est honteux pour la France que ces livres admirables ne soient pas encore traduits. Pourtant de saints et savants missionnaires, au milieu de leurs œuvres apostoliques, à *Pé-king*, ont pris soin, il y a plus de cent ans, de nous les envoyer. En vérité , les illustres souverains Mantchoux , tels que *Kang-hy* et *Kien-long*, protégeaient plus efficacement les sciences que les gouvernements européens actuels , car , par leurs ordres, de vastes travaux scientifiques étaient écrits, pour ainsi dire, sous leurs yeux , et les ouvrages anciens étaient réimprimés.

Depuis que nous possédons ces livres , peu de savants en ont profité. Le docte et honorable Deguignes père en a fait un assez fréquent usage dans sa fameuse *Histoire des Huns*. Abel-Rémusat en a tiré les détails importants, quoique arides, qu'il a publiés sur l'*Histoire de Khoten*, ancien royaume situé au nord de l'Inde , et sur le royaume de Camboge. Depuis, ces livres ont été à peine consultés , et on ne trouve guère d'autres ouvrages où ils soient longuement étudiés que ceux de M. de Paravey et quelques traductions de diverses notices du *Pian-y-tien* , notamment de celle sur l'Inde, par M. Pauthier.

M. de Paravey n'a cependant pas cessé d'attirer l'attention sur ces livres ; il les a montrés et expliqués à de savants voyageurs et au colonel Fitz-Clarence, nommé depuis lord Munster.

On nous a traduit des romans , des nouvelles et des contes ; mais aucun ministre éclairé n'a ordonné la traduction complète d'un ouvrage fort étendu et orné de belles gravures, le *Pian-y-tien* , qui ne traite que des nations étrangères à la Chine, et qui seul peut éclairer les traditions altérées et trop modernes des Grecs et des Romains.

M. de Paravey, depuis son voyage à Londres , en 1830 , s'occupe de ces études importantes , pour lesquelles, pendant longtemps, il n'a trouvé de secours que dans son propre courage. Il a rapporté de Londres et d'Oxford des cartes calquées sur les originaux chinois et japonais , et offrant les pays de toutes les nations de l'Asie centrale, où les Européens n'ont presque pas pénétré depuis Marc-Paul. Il a fait plus encore , il a calqué, dans le *Pian-y-tien* et dans les *Ency-*

*clopédies japonaise* et *chinoise* , les figures plus ou moins symboliques et caractéristiques de toutes ces anciennes nations, dont, chez les Grecs, Hérodote seul nous parle avec quelque vérité.

Ces figures sont accompagnées d'un texte fort court , mais qui doit remonter à une haute antiquité. Il est inouï que , jusqu'à ce jour , ces textes eux-mêmes n'aient pas été traduits et publiés avec les dessins qui les accompagnent, et que la Société de Géographie de Paris en ait méconnu l'importance.

M. de Paravey a déjà publié plusieurs figures remarquables tirées des livres chinois. En 1836 , dans sa *Dissertation sur le Ta-tsin ou sur le nom antique et hiéroglyphique de la Judée* , il a donné l'image si remarquable de ce juif ou marchand du *Ta-tsin* , qui vient dans l'*Empire du milieu*, vendre le corail rouge de la Méditerranée. En 1838 , il a publié un dessin représentant un *miao-tse* du *Kouen-lun* (1). En 1839, il a reproduit la figure d'un des peuples connus sous le nom de *Centaures* , dans la haute antiquité. En 1840, il a publié la figure de l'*amazone* des livres conservés en Chine. Enfin , en 1861 , il a donné le dessin des *Ou-sun*, les *Gryphons* d'Hérodote, gardiens de l'or.

Le dessin de Centaure qu'a publié M. de Paravey est tiré du *San-tsay-tou-hoey* , ou *Encyclopédie chinoise*, t. XIII , p. 27.

En haut de la planche sont les mots *Ting-ling*

_________________________

(1) Cette figure se trouve en tête des *Documents hiéroglyphiques*.

*koue*, c'est-à-dire *royaume des Ting-ling*, ou *des intelligences viriles*.

Fait par un dessinateur peu exercé, la tête seule peut avoir quelque vérité de forme , et l'on doit y remarquer le front déprimé, les pommettes saillantes , les oreilles longues , la barbe , les moustaches et surtout les cheveux se bouclant sur le col , ce qui n'a jamais lieu dans la race mongole ou chinoise proprement dite, race dont les cheveux sont rares , noirs , durs et raides comme des baguettes. On peut conclure de cette tête seule , quoique le texte fort court ne le dise pas, que les peuples de l'Asie étaient blonds et avaient les yeux bleus.

Cet homme du royaume des *Ting-ling* n'a qu'un caleçon pour tout vêtement.

Les mains et les bras sont fort mal dessinés. Il en est de même des jambes. D'après le texte qui accompagne ce dessin, ce sont des jambes de chevaux , *maty*. Aucune confusion n'est possible ici, d'après le texte. D'ailleurs la figure de *Ting-ling* de l'*Encyclopédie Japonaise* , livre XIV , n° 135, achève de lever tout doute. M. de Paravey a aussi reproduit cette figure. Elle offre évidemment des jambes de cheval, et n'a du reste d'autres particularités, que de représenter le centaure courant en tenant à la main un bâton, qui va en grossissant vers l'extrémité.

Le mauvais dessinateur de l'*Encyclopédie chinoise*, voyant de longs poils aux jambes de quadrupède attribuées aux *Ting-ling*, aura été porté à leur donner quelque ressemblance avec des jambes de bouc. Voilà pourquoi il aura si mal figuré les sabots , qui ne sont pourtant point fendus , mais auxquels il a mis par ineptie une ligne sans valeur vers le milieu du sabot. Heureusement l'*Encyclopédie japonaise* offre incontestablement des sabots de cheval.

Si on avait voulu donner aux *Ting-ling* des jambes de bouc ou de chèvre, le texte aurait dit, non pas *maty* , mais *yang*, suivi du caractère des pieds, *ty*, ce qui aurait fait penser aux Satyres.

Les peuples à pieds de chèvres, dont parle déjà Hérodote, étaient des peuples montagnards, tels que les Arabes de l'Yémen , et les pasteurs de chèvres du Thibet. Quant à leur nom , il était retracé par le caractère *Kiang* , formé du signe *homme* surmonté du signe *bouc*. Ce nom n'a donc aucun rapport avec ceui des *Ting-ling*. On l'applique en ce moment encore aux pasteurs du Thibet.

Les *Ting-ling* différaient énormément des *Kiang*. Ainsi que leurs chevaux rapides , ils faisaient trente lieues en un seul jour, dit le texte, habitaient les steppes du nord de l'Asie et ne gravissaient pas sur les montagnes.

Dans leur amour pour le beau , les Grecs on, modifié la figure antique de ces Centaures. Ils avaient l'air de chanceler sur leurs deux jambes de chevaux, ils ont ajouté à ces deux jambes symboliques , d'un effet disgracieux , le corps entier du cheval. Ainsi munie de quatre jambes , cette figure monstrueuse a eu de l'équilibre et de la grâce. Cette modification indique le goût éclairé des Grecs, qui, pour des raisons de beauté artistique , donnèrent toujours deux seins aux amazones, parce que la figure antique, qui n'en avait qu'un, était d'un effet désagréable.

On peut d'ailleurs trouver dans les figures grecques d'autres restes des dessins antiques. S'ils ont embelli les Centaures, ils leur ont conservé néanmoins le signe essentiel qui indiquait leur usage exclusif du cheval, pour combattre et pour voyager, aussi bien que la massue, leur arme favorite, que porte en effet le *Ting-ling* de l'*Encyclopédie japonaise*. Quant aux Amazones, s'ils leur ont donné les deux mamelles, toujours, nous dit M. Millin., une de ces mamelles est blessée ou percée, ce qui indique sa mutilation, qu'il aurait été désagréable de figurer positivement, d'autant plus que l'art grec, en reproduisant les Amazones, leur donnait cet admirable genre de beauté dont on ne trouve plus de types qu'en Angleterre et en Pologne.

M. de Paravey a adressé à la Société Royale de Géographie de Londres, avec une communication, le calque des figures de Centaures, décrites plus haut, et l'a aussi communiqué à l'Académie des Sciences de Paris, dans la séance du 8 juillet 1839. Mais à Paris, on a feint de ne pas le comprendre et on a à peine mentionné sa dissertation assez étendue, et dans laquelle sont pris les détails que l'on va lire, sur la nation antique des *Ting-ling*, nation cavalière par excellence et qui fut à la fois la tige des anciens Sarmates, et celle des Polonais et des Russes actuels.

Abel-Rémusat (1) voit dans les *Ting-ling* des

(1) *Notic. académ. inscript.*, t. X, p. 169.

Samoïedes ; mais si on lit ce qu'a écrit Deguignes (1) sur les guerres des *Ting-ling* contre les
Huns , avant et après notre ère , et sur leurs in-
vasions en Chine , on y reconnaîtra un grand et
puissant peuple , occupant un pays de la Sibérie,
nommé *Ma-hing*, c'est-à-dire où *l'on ne marche
(hing) qu'à cheval (ma)*.

Or, dans la carte de tous les *Ty* , ou *Scythes du
nord* , que donne l'*Encyclopédie japonaise*,
on place ces *Ting-ling* vers le lac Aral , figuré
uni à la mer Caspienne. En outre, dans un pla-
nisphère japonais , rapporté par Kœmpfer et publié par Klaproth , la Russie porte le nom de
*Kontouriya* ou *pays des Centaures* , nom que
Klaproth n'a pu expliquer. Enfin, suivant le célèbre M. de Hammer , dans ses *Origines russes*,
les Russes asiatiques dériveraient de *Thiras* ou
*Ros*, fils de Japhet, et ce nom de *Thiras* est celui
des *Taures* ou *Centaures*, suivant divers auteurs
que cite cet orientaliste. Remarquons encore que,
dans toutes les langues du Nord, *horse* ou *rosse*
est le nom du cheval.

Le nom des anciens *Roxolans* ou *Russes* se rat-
tache donc sans aucun doute à ces peuples de
*Ros* , de *Thubal* et de *Mosoch* , c'est-à-dire aux
*Russes* et *Moscovites*, qui, suivant Ezéchiel, dans
sa prophétie contre Tyr , venaient des pays du
nord, *montés sur leurs chevaux* , vendre , sur le
fameux marché de Tyr , du fer , ce qui suppose
les arts , et des esclaves , fruits de leurs pillages.


(1) *Histoire des Huns*, t. II, p. 72, 72, 74, 84,
93, 20, , 347.

II.

Noms chinois des Amazones expliqués par les récits des Grecs. — Anciennes figures des Amazones. — Leurs armes et leurs costume. — Les Amazones dans l'Inde. — Explication des symboles que leur attribuent les Indiens. — Leurs boucliers. — Les Centaures auxiliaires des Amazones. — D'après les livres chinois, le pays des Amazones est probablement sur les bords de la mer Caspienne.

L'histoire des Centaures et celle des Amazones sont si intimément liées, qu'il faut décrire les noms et les figures antiques de ces femmes guerrières, avant de s'occuper des rapports mutuels des deux peuples.

Les Amazones sont nommées par les textes chinois *Niu-mou-yo*, ou aussi par abréviation *Niu-mou*. Dans ce nom, le caractère *mou* s'écrit de trois ou quatre manières. Il en a été sans doute de même du caractère *yo*, qui l'accompagnait primitivement.

*Niu* veut dire *vierge* ou *femme*. Souvent le pays des Amazones est appelé seulement *Niu-koue*, *royaume des vierges* ou *des femmes*. Le même sens se retrouve dans le mot sanscrit *Stri-radjya*, royaume de femmes cité dans le *Ramayana*, et placé au sud du *Pendjab*, et encore ailleurs, d'autres royaumes ayant été connus dans l'Inde à diverses époques.

Si on écrit *Niu-mou-yu*, on a le sens de *fem-*

*mes sans mamelles*, ce qui traduit exactement le nom grec d'*Amazones*.

Si , comme dans le *Pian-y-tien* , on écrit le nom des Amazones avec les caractères *Niu-mou-yo* , il signifie *femmes aux ardents désirs , aux volontés héroïques.*

Si , comme dans l'*Encyclopédie chinoise* , on l'écrit *Niu-mou-yo*, il signifie *femmes des joies* ou *du bonheur du soir* , car , avec la clef du soleil , *jy* , *mou* offre des idées de *soirée* , de *soleil couchant*. Ce nom rappellerait donc ce que nous apprend Diodore des *Amazones de l'Hespérie* ou des contrées du *couchant* , d'autant plus qu'il nomme leur reine *Myrina*, et que *Mo-yo* ou *Mou-yo* est en chinois le nom de la myrrhe.

En outre *Mo-ye* est le nom des *glaives à deux tranchants* et de ceux qui les ont inventés. Ce nom s'écrit par des caractères analogues à ceux du nom *Mou-yo* des Amazones. Or , le glaive de ces guerrières, dans les monuments indiens et sur les vases grecs, a précisément la forme de notre sabre-poignard actuel. On pouvait donc les appeler *Niu-mou-ye* , ou *femmes à parazonium* , à *épée courte et à deux tranchants*, inventée par les *Mo-ye*, disent les Chinois.

On voit donc que ces antiques noms hiéroglyphiques sont d'accord, soit avec la mamelle desséchée , soit avec l'arme que l'antiquité gréco-romaine leur attribue , et que les monuments chinois et indiens leur donnent également.

L'*Encyclopédie chinoise*, t. III, l. XIII , p. 10, donne une figure d'amazone. Elle a été mal dessinée par quelque inepte mantchou , qui aura ainsi fourni un modèle altéré au graveur chinois; ses mains sont fort mal faites et son visage est grossier. Elle devrait pourtant être fort belle ; mais le texte conservé dans l'*Encyclopédie japonaise* supplée, sous ce rapport , au dessin , car il dit positivement : « *Leurs cheveux et leur visage ou aspect sont admirablement beaux.* » Il est à remarquer que cette amazone a les cheveux pendants sur les épaules. Elle est supposée en repos et vers la mer Caspienne , dans un pays froid de la Tartarie. Aussi est-elle vêtue chaudement et à la tartare. Elle porte une riche tunique de fourrure et un turban de cette même fourrure, qui est toute parsemée de taches rondes. A ses pieds sont des bottines de cuir. Son unique mamelle, figurée nue , est très-remarquable par sa grosseur.

Dans l'*Encyclopédie japonaise*, t. III, l. XIV, p. 41, on voit une autre amazone , dessinée plus en petit et qui est aussi retracée assez mal. Elle a de longs cheveux , n'a point de bonnet et ses vêtements se composent aussi de fourrures , avec des bottines ou des anaxyrides.

Dans l'Inde , le temple d'*Eléphanta* offre une figure colossale d'amazone. Elle a été dessinée par Niebuhr, qui l'a mise dans son *Voyage en Arabie*, t. II, pl. VI. Il est fort remarquable qu'elle n'a , comme la figure du dessin chinois , qu'une seule mamelle. Le fait a été de nouveau affirmé à M. de Paravey , par l'illustre colonel *Fitz-Clarence*, nommé depuis *lord Munster*.

L'amazone d'*Eléphanta* est de la race des Alains ou Slaves , vainqueurs de la race énervée des Indiens et des Malais. A cause de la chaleur du climat, elle a quitté ses vêtements ; mais elle a conservé son ceste ou sa ceinture en peau, emblême de virginité, et le haut bonnet en cuir de la Tartarie , son pays. Elle a quatre bras. Une de ses mains porte la *pelte* , petit bouclier rond des amazones grecques. Une autre porte le *chasse-mouche* ou queue de vache du Thibet. Une autre s'appuie sur une tête de bœuf, type de l'état pastoral des primitives amazones et de celles que Castaneda a vues en Amérique. Les textes chinois disent en effet que les amazones *Niu-mou-yo* sont de race tartare ou scythe et nourrissent, comme les Tartares, des bœufs et des brebis.

Enfin l'autre bras de l'amazone indienne supporte une tête d'éléphant , tandis que la main tient une couleuvre *capel*. Ces animaux sont ici des types de l'Inde vaincue. On n'ignore pas d'ailleurs que les amazones , au dire des anciens , se nourrissaient de *lézards*, de *serpents* et de *salamandres*. Les *salamandres* forment encore un des mets des Indiens et de plusieurs autres peuples de l'Asie et de l'Amérique.

Parmi les dessins relatifs à *Eléphanta* qu'à donné Niebuhr, on voit aussi, t. II, p. X, un bras tenant un glaive droit à deux tranchants, dont la forme est attribuée, en Chine et en Grèce , aux amazones, aussi bien que dans l'Inde, pays riche en acier.

C'est avec une beauté admirable que les plus habiles sculpteurs grecs figuraient les amazones, dans les offrandes qu'ils faisaient de leurs statues au célèbre temple d'Ephèse.

Sur un vase grec de la collection de M. Durand, très-beau vase peint transporté du Vatican à Paris, et figuré dans les *monuments inédits* de Millin, t. I, p. 351, on voit la figure d'une belle amazone , nommée *Deinomaché*. Cette compagne d'*Hippolyte* combat en tirant de l'arc contre le chef de la Grèce , l'illustre Thésée. Son arc et son carquois sont ceux des Scythes ou des Tartares. Elle est aussi vêtue de peaux comme ces mêmes peuples. Sa courte tunique est parsemée de taches rondes , comme le vêtement de l'amazone dessinée en Chine ; mais elle est bordée d'une *grecque* , ornement très-fréquent sur les vases et les monuments conservés en Chine et en Egypte (1). Sa coiffure est en peau , et sur une autre figure d'amazone , publiée dans les *Monuments inédits* de Millin, t. II, p. 69 , pl. IV , cette peau est mouchetée , de même que la coiffure de l'amazone des livres chinois. C'est ainsi que les œuvres d'art complètent les unes par les autres leur valeur archéologique. La seconde amazone grecque qui vient d'être citée, porte le glaive droit à deux tranchants. Ce glaive est donné aussi aux Amazones du temple d'Eléphanta. Il a été inventé par *Mo-ye* , disent les livres chinois , ou par les Amazones, nommées *Mo-yo*, dans l'*Encyclopédie japonaise*. Le bouclier de la même amazone est en forme de croissant, c'est la *pelta*. Il faut aussi remarquer la bipenne ou hache à deux tranchants qui accompagne cette figure. Cette hache est nom-

(1) Voir la collection des vases en bronze de l'empereur *Kang-hy*, dont l'atlas existe à Paris.

mée *barda* dans les langues orientales , particu-
lièrement dans tous les dialectes turcs et persans.
Surmontée d'un fer de lance et munie d'une
hampe , elle a donné notre hallebarbe , la *barda*
des Suisses. Le titre *tabardah* ou *porte-hache* ,
usité à la cour d'Egypte , sous les Soudans , n'a
pas d'autre origine.

Comme *dar*, en persan , veut dire *gardien* , on
pourrait peut-être en déduire le nom de *Dardar*
ou des *Tartares* , gardiens des limites , armés de
haches ou de hallebardes, de même que les Suisses, gardes de nos rois.

Ces peuples blonds , ces Alains et Sarmates va-
leureux se sont toujours montrés partout intrépides, aussi bien que leurs femmes. On peut consulter à cet égard la belle collection des vases
grecs ou étrusques de M. Panckoucke , le savant
traducteur de Tacite. La physionomie et les caractères de race des Centaures et des Amazones
y sont d'ailleurs très-bien rendus. Les Centaures
ont le visage écrasé , la barbe courte , épaisse ,
dure et rousse et le teint sale et bronzé. Quant à
ceux des frises de Phigalie , ils sont armés de la
massue , comme celui de l'*Encyclopédie japonaise*. Habiles dans les arts du dessin , les Grecs
ont rendu avec une admirable élégance la beauté
des amazones. Les vases peints les montrent avec
des cheveux fins et frisés, un beau visage et une
taille svelte et noble , telle que celle des femmes
Kurdes de l'Assyrie et des belles Polonaises et
Anglaises de nos jours. Minerve et les Amazones
ont toujours un teint d'une blancheur d'ivoire ,
carnation donnée aussi à la belle Déjanire , enle-

vée par le Centaure Nessus. Ces particularités ne conviennent qu'à la race blonde et aux yeux bleus des guerriers du Nord.

Souvent aussi les Amazones sont figurées à cheval ou combattant sur des chars traînés par des chevaux. Cela rappelle que, dans la Bible, *Ros, Thubal* et *Mosoch* viennent des *contrées du Nord*, *montés sur leurs chevaux*, vendre à Tyr du fer, ce qui suppose des armes redoutables et une complète civilisation, et des esclaves, ce qui prouve l'esprit envahisseur et les conquêtes de ces nations du Nord, soit Russes, Roxolans ou Moscovites, soit Polonais ou Sarmates, peuples allant à cheval, et parlant tous la belle et poétique langue des Slaves.

Dès l'arrivée à Londres de M. de Paravey, en 1830, il fut évident pour lui, dès qu'il visita le *British Museum*, que les métopes du Parthénon et les belles frises de Phigalie offrent une invasion antique de la Grèce par des peuples du nord-est de l'Asie. Il y vit les Amazones, comme les Centaures et avec eux, combattant intrépidement les Grecs. Les Amazones sont d'une beauté admirable. Quant aux Centaures, ils ont le visage écrasé. Quelques-uns ont pourtant une assez belle tête barbue; mais, à Phigalie surtout, il en est d'affreux, un nez écrasé, à l'air féroce, qui mordent avec fureur ou assomment à coups de massue leurs adversaires grecs. Ces véritables Cosaques, aussi brutaux que ceux des armées russes, ont rappelé à M. de Paravey ceux que l'on a vus à Paris, en 1814.

Justin raconte avec détail l'invasion des Scythes

et des Amazones en Grèce. Dans son premier livre, chap. 4, il dit formellement que *Panasagore*, le fils du roi des Scythes , *accompagna*, *avec un corps nombreux de cavalerie* , *les Amazones*, *dans leur invasion en Attique*. Pausanias décrit cette guerre avec des détails assez étendus.

M. de Paravey a appris de M. le comte Ad. de Mailly , qui a fait avec distinction la campagne de Russie, que les mots *pan* et *ban* signifient *seigneur* dans les pays slaves, et de M. le comte de Sorgo de Raguse, que *Pana-sa-gore* peut se traduire en slave par *seigneur d'au-delà de la montagne (gora)*. De *Ban* vient *bannat, seigneurie*.

Plutarque et d'autres auteurs citent également les centaures qui accompagnèrent les amazones en Attique. Il est donc évident que la *cavalerie scythe*, *centaure* ou *cosaque* était partout l'auxiliaire des amazones de la race caucasique et slave, de même que les cosaques sont maintenant encore les auxiliaires des Russes, plus civilisés qu'eux.

Il est clair aussi que les centaures occupaient des pays voisins des primitives amazones, pays de steppes et propres à la cavalerie, tels que la Sarmatie et la Sibérie.

Le moine anglais Bacon , cité par Bergeron, dans son ouvrage sur les Tartares, t. II, p. XI, décrit les Centaures de la même façon que les Grecs, et , d'après Pline, il place les Amazones dans les lieux mêmes où les livres chinois font habiter les *Ting-ling*, c'est-à-dire à l'est du Caucase, vers les terres des *Chorasminiens*. Ce pays est nommé *Mou* , nom des Amazones , dans la carte de tous les Ty ou Scythes du nord, donnée dans l'*Encyclopédie japonaise*. Klaproth y reconnaît le *Kharisme* ou *Kouaresme*, pays de *Khia*. « C'est là qu'au rapport de Pline, dit Bacon, étaient autrefois les *Amazones*, tuant leurs enfants mâles, mais *nourrissant de leur mamelle unique* 'es *centaures* et les minotaures, monstres épouvantables qui les suivaient partout comme leurs mères. »

## III.

Origine de la fable grecque sur l'origine des Centaures. — De la race et de l'origine du centaure Chiron. — Les Centaures sont les *Ting-ling* de la Chine.. — Ce sont des Scythes. — Traité conclu par les Chinois avec les *O-lo-sse*, habitants de l'ancien pays des *Ting-ling*.

Dans le voyage à Bokhara du hongrois Vamburg, publié par le *Tour du monde* (t. XII, p. 108), on voit des amazones figurées d'une façon trèscurieuse. Leur vêtement élégant fait surtout remarquer le pantalon et un bonnet élevé. Elles sont à cheval et poursuivies par les Turcomans, qui veulent en faire leurs épouses. Cette planche rappelle les beaux vases grecs où ces femmes guerrières sont reproduites.

On voit donc toujours les amazones vers l'Oxus, d'où, à l'époque de Thésée, elles vinrent sur le Don et en Asie-Mineure. La fabrique d'acier de Karshi, qui est encore célèbre (1), a pu fournir leurs armes excellentes.

(1) *Tour du monde*, voyage cité, p. 106, 107.

Les cartes aussi bien que les textes, chez les Chinois, mettent les *Ting-ling* au nord des pays de *Kang-kiu* et des contrées immenses qui sont bornées au sud par la mer Caspienne et qu'habitent des peuples nomades par excellence. Ils ont pu s'étendre rapidement, non-seulement jusqu'au *Tanaïs* ou au *Don*, mais encore jusque dans l'*Asie-Mineure*, d'où ils sont allés en *Grèce*. Les pays qu'ils ont dû occuper sont parcourus, encore en ce jour, par les tribus errantes des *Turcomans* et des *Curdes*.

Or les Amazones vivaient également sur les bords du *Don* ou *Tanaïs*. On comprend donc qu'elles se soient alliées à leurs voisins les Centaures.

Les *Ting-ling* (1) offraient plusieurs tribus, dont une, plus civilisée, était appelée, dans la langue des *Ou-sun* (2), la tribu des *vieillards vénérés*. C'est dans cette tribu que devait se trouver Chiron et les autres centaures habiles en médecine, en astronomie et dans les lettres, qui instruisaient les Grecs de l'âge héroïque, soit dans l'art de la guerre, soit en politique, soit même dans les lettres.

L'antiquité est loin en effet de nous donner tous les Centaures comme féroces. Si elle dépeint ainsi ceux de la Thessalie et ceux que tua la belle et farouche Atalante, véritable amazone à la *chevelure naturellement blonde et magnifique* (3), elle nous montre aussi le sage et docte *Chiron*, qui

(1) *Mémoires sur l'Asie*, t. I.
(2) Les Gryphons, nation célèbre de l'Asie centrale.
(3) Voir Elien, *Histoires diverses*, l. XIII, c. 1.

fut la personnification d'une autre partie de cette nation.

Savant précepteur de Castor et de Pollux , habiles dans l'équitation; de Palamède , versé dans les lettres et les sciences; d'Ulysse , rusé en politique (1) ; de Thésée , vainqueur du Minotaure ; d'Achille, intrépide dans les combats; père adoptif du dieu de la médecine , Esculape ; créateur de l'astronomie et de la sphère céleste , où il figure encore, non loin de la *Croix du sud* et auprès du *Sagittaire* , Chiron était donc le type d'une race éclairée et policée , telle que l'a toujours été la noble nation des Slaves, guerrière et lettrée tout à la fois , et ayant porté sa langue , voisine du sanscrit, dans les Indes, aussi bien qu'à Raguse et en Italie, pays visités par elle.

La tribu vénérée des *Ting-ling* était donc celle à laquelle dut appartenir *Chiron*, personnage qui, pour ses vertus et sa science, eut la gloire de donner son nom à l'une des plus belles constellations.

La sphère céleste nous offre encore , dans le système grec et dans le système plus ancien conservé en Chine, la preuve que des noms d'hommes renommés et de peuples célèbres furent appliqués anciennement à des astérismes remarquables.

Vers le *centaure ,* entre la *croix du sud* et la *balance* du zodiaque , rien ne dessine des chevaux. Cependant les Grecs y ont placé le centaure

(1) Sur une cornaline du cabinet du roi (voir n° 14), le *pileus*, ou casque d'Ulysse, est orné de deux centaures.

*Chiron*, combattant un animal féroce, et placé non loin d'un autel, type de civilisation. D'autre part, la sphère hiéroglyphique, conservée en Chine et plus ou moins modifiée à des époques modernes, met dans ces mêmes étoiles le *préfet de la cavalerie*, les *cavaliers des chars* et d'autres signes d'équitation, qui offrent évidemment des idées de centaures et d'hippocentaures (1).

Assurément le hasard ne peut produire, à des différences de lieux et de temps aussi grandes, des analogies aussi complètes et aussi positives.

Quand on raisonne à la manière des Dupuy et des Volney, il suffit qu'un nom ait été placé au ciel, chose si fréquente dans les temps primitifs, pour que ce nom soit considéré comme un mythe et pour qu'on puisse nier toute une vie plus ou moins illustre. Ces ridicules idées tendent à rejeter tous les récits antiques et par conséquent à renverser les bases mêmes de l'histoire. Heureusement que les bons esprits ne les partagent nullement. Il est d'ailleurs des contrées reculées où ont fleuri des civilisations qui n'avaient rien emprunté aux fables grecques, et où l'antique et admirable écriture hiéroglyphique sert au contraire à éclaircir ces fables elles-mêmes et à rétablir les vérités historiques les plus importantes. On va voir se succéder ici même des preuves frappantes de ces assertions.

Ovide nous apprend que la belle *Ocyrhoé, savante dans l'art des choses futures*, comme les

_______

(1) Voir les mémoires de **M.** de Paravey présentés à l'Académie des sciences, au sujet de la sphère hiéroglyphique.

prophétesses gauloises, était *blonde* (1). Aussi bien que *Chiron*, son père , elle appartenait donc à la belle nation des *Sarmates* et des *Polonais*, et elle devait avoir les yeux bleus.

Un fait, au moins très-digne de remarque, c'est que, pour indiquer la pupille ou la prunelle, le chinois a le caractère *tsing*, formé du signe *œil* et du déterminatif de la *couleur bleue*.

Dans la primitive écriture , la prunelle était donc le *bleu de l'œil*. Ce caractère n'a pas dû être formé par les Chinois, puisqu'ils ont tous les yeux, aussi bien que les cheveux, d'un noir foncé, mais jamais de couleur bleue.

On pourrait donc, d'après cela seul, conjecturer que les tribus mongoles et chinoises ont reçu leur écriture hiéroglyphique des races slaves et grecques, aux *yeux bleus* et aux *cheveux blonds*. On ne s'étonnerait plus alors de voir les rapports les plus surprenants exister entre les formes des lettres des alphabets illyrien et grec et les formes anciennes des caractères des cycles des heures et des jours, cycles apportés et conservés en Chine jusqu'à ce jour.

Les livres chinois nous montrent-ils positivement ces peuples écuyers par excellence, ces anciens Polonais, ces *Ting-ling*, comme étant civilisés et éclairés? C'est ce que M. de Paravey affirme en observant d'abord que leur nom même, *Ting-ling*, indique cette *intelligence suprème* qui a fait de *Chiron* un type si élevé de civilisation ancienne.

(1) Ecce venit rutilis humeros protecta capillis...
.... fatorum arcana canebat.
*Metam.*, lib. II, v. 636, 640.

*Ling*, caractère classé sous le déterminatif de la *pluie* ou des *nuées*, *Yue*, signifie *Esprit*, *intelligence*, et *ting* se traduit par *viril*, *grand*, *fort*, *robuste*.

Le royaume de *Ting-ling* était donc celui des *intelligences viriles* ou *robustes*, *Ting-ling koue*, comme on lit sur la planche de l'*Encyclopédie chinoise* décrite plus haut. On vient de voir le caractère de la *pluie* ou des *nuées* entrer dans le nom *Ting-ling*. Or, en suivant les mythologues, les Centaures étaient issus d'Ixion et de *Néphélé*, c'est-à-dire de la *nuée*, νεφελη. Les fables naissent toujours d'une observation mal faite, d'une vérité mal comprise ou d'un fait mal expliqué.

Il est vrai que les Centaures sont donnés le plus souvent comme féroces et grossiers ; mais cela ne contredit pas les livres conservés en Chine , car ils distinguent divers royaumes de *Ting-ling*. Parmi ceux du Nord se trouvaient sans doute des Cosaques féroces et seulement guerriers et cavaliers intrépides , tandis que vers le Sud et vers le pays des *Ou-sun* (1) , étaient d'autres peuples de *Ting-ling*, célèbres dans ces contrées occidentales de l'Asie , et dont le nom , en langue des *Ou-sun*, voulait dire *hommes vénérables*. Chiron devait être de cette tribu , suivant ce qui a été dit précédemment.

Après avoir lu ce qui précède sur les faits tirés des livres et des cartes antiques , dont un mi-

_______

(1) M. de Paravey identifie les *Ou-sun* avec les *Gryphons* d'Hérodote. Ils sont, en effet, représentés avec de longues griffes , au lieu de mains , dans une planche du *Pian-y-tien*.

nistre éclairé devrait ordonner la publication, si l'on avait encore quelque doute sur l'assimilation des *Ting-ling* à la race *slave*, soit *polonaise*, soit *russe*, il ne devrait plus en rester après avoir vu constatée la haute valeur de la tradition même de cette opinion, qui est consignée dans un document tout-à-fait moderne, le traité conclu entre les Russes et les Chinois, dont Klaproth a publié la traduction (1).

Dans ce traité, conclu par les Chinois avec les *O-lo-sse* ou les *Russes* actuels, on voit, dans les commentaires qui accompagnent les textes chinois, que les envoyés du Céleste-Empire reconnaissent les Russes actuels, qu'ils nomment *O-lo-sse*, comme occupant le pays des antiques *Ting-ling*, c'est-à-dire le nord extrême de l'Asie et les vastes steppes de la Sibérie et de la Sarmatie.

Dans le *Chan-hay-king*, livre mythologique sur les mers et les montagnes et qui remonte, dit-on, à plus de 2,000 ans avant notre ère (2), il est question de ces mêmes *Ting-ling*, et ils y sont figurés à la manière grecque la plus ancienne, *avec un corps d'homme et deux pieds de chevaux seulement*.

Depuis plus de 4,000 ans, l'écriture hiéroglyphique a donc conservé le nom primitif des Russes, ces anciens *Ting-ling* des livres conservés en Chine, qui se sont maintenus en Sibérie, en s'y battant, comme les blonds *Ou-sun*, *Gry-*

___

(1) *Mémoires relatifs à l'Asie*, t. I, p. 86.
(2) En 1839, le marquis de Fortia faisait traduire ce livre.

*p̌ions* , *Alains* ou *Derdes* , sur lesquels M. de
Paravey écrira un jour.

La valeur ancienne du nom des *Ting-ling* est
donc définitivement établie. Ce qui concerne spé-
cialement les Centaures s'arrête là, dans ce tra-
vail , malgré les pièces justificatives et les remar-
ques dont on pourrait l'appuyer et l'augmenter.
La question des Amazones offrira encore bien des
identités surprenantes entre ce qui est dit de ces
femmes héroïques dans les livres conservés en
Chine et ce que nous en rapportent les Grecs. Des
exemples tels que ceux-ci engageront peut-être
les vrais amis de la science à ne pas supposer que
l'antiquité soit un livre fermé pour les efforts les
plus persévérants et surtout à ne pas admettre
les inconcevables négations des Dupuis , des Volney et de toute l'école qui en dérive , quoiqu'elle
se croie seule philosophique.

## IV.

### Boucliers et bipennes des Amazones.— De leur origine tartare.

Voici le passage relatif aux Amazones qu'on
trouve dans l'*Encyclopédie japonaise* , où elle
accompagne la figure signalée précédemment :

« Royaume des *Niu-mou*. Elles ont des villes
murées et fortifiées ; par pudeur elles ont des
habits de peaux. Leurs cheveux et leur figure ou
aspect sont admirablement beaux. Elle nourris-

sent des bœufs ou des brebis. Elles ressemblent ou appartiennent aux *Ta-tan* (1). »

Dans le nom de *Ta-tan*, on remarque deux fois le déterminatif des peaux, des cuirs (2). On sait que les Amazones étaient vêtues de peaux.

Il est surprenant que Klaproth, parlant des deux royaumes des *Amazones* de l'Inde (3) et traduisant ce qu'en disent les livres chinois, n'ait en rien mentionné ces Amazones de la Tartarie que figurent les encyclopédie chinoise et japonaise.

Le royaume des Amazones de l'Inde est nommé en chinois. *Tong niu koue*, c'est-à-dire *Royaume des femmes d'Orient*, bien que l'Inde soit évidemment à l'occident de la Chine actuelle. Ce nom seul, comme celui du *Tong-king*, *royaume d'Orient*, nous fait remonter à une civilisation qui eut son centre vers la mer Caspienne. Ce n'est en effet que là qu'on pouvait concevoir le *royaume des femmes d'Orient*, *Tong niu Koue*, et le *royaume des femmes d'Occident*, *Sy niu Koue*, les Amazones de la Sarmatie et celles de l'Arabie et de l'Asie-Mineure. Le pays de *Ta-tsin* était aussi appelé *Hay-sy*, c'est-à-dire *ouest de la mer*, car il est à l'ouest de la mer Caspienne, et le nom d'*Asia* n'a peut-être pas d'autre origine.

Là aussi, quand, avec les Albanais et les peuples du Caucase, des colonies guerrières d'Afghans ou

______

(1) Les *Ta-tan* sont les Tartares, de la race de *Dardanus*, c'est-à-dire les tribus des Dardanelles.

(2) C'est le déterminatif 177, *Ke*.

(3) Ceux que ces détails intéressent devront lire le morceau assez court de M. Klaproth, dans le *Magasin asiatique*, t. I, p. 235.

de Palans furent allés s'établir vers le *Caboulis-tan* et le *Baltistan*, des Amazones du Caucase durent les accompagner et former le royaume des Amazones orientales, que les livres chinois mettent dans l'Inde et par conséquent à l'orient de la Perse.

Les textes chinois disent que les *Niu-mou* ont des *villes murées*. Il est à remarquer que les principales villes de l'Asie-Mineure se disaient fondées par ces femmes héroïques, retracées en effet sur les monnaies et médailles de ces villes antiques, tandis qu'à l'ouest du *Rha* ou du *Volga*, où elles habitèrent aussi, les géographes arabes mettent plus de trois cents villes ruinées (1).

On a gravé plusieurs des médailles où figurent des Amazones, notamment celles de Smyrne et de *Thyatire* (2). On les y voit couronnées de tours, portant une hache d'armes qui est une véritable hallebarde et parfois aussi leur bouclier léger, également en *forme de fer de hache*.

Le royaume des femmes de l'Inde, dit Klaproth, contenait dix-neuf villes à maisons élevées de plusieurs étages. Les Amazones fondaient donc partout des villes plus ou moins belles et fortifiées.

Les haches *savordiennes* sont encore célèbres dans tout le Caucase (3), et dans ces contrées, sur le *Kours* ou le *Cyrus*, on cite la ville antique de *Bardaa*, c'est-à-dire des *haches*. La hache est nommée *palta* ou *barda* dans tous les dialectes turcs et comans, *barde* en allemand, *farato* en

(1) M. de Hammer, *Origines russes*.
(2) Voir notamment l'*Histoire des Amazones*, par l'abbé Guyon, 1741.
(3) Voir M. d'Ohsson, sur les peuples du Caucase.

ossète, alain ou ase. Ces noms ont évidemment donné celui de nos *hallebardes*, qui offrent la même forme que les *bipennes* des Amazones.

Il y a dans le Caucase le pays de *Ka-barda* et vers l'Inde celui du *Baltistan* ou *des Haches*. Le nom scythe *Aior-pata*, donné aux Amazones, selon Hérodote, et signifiant *tueuses d'hommes*, a pu d'abord se dire *Aior-palta*, la hache servant partout *à tuer*, *à immoler*.

Strabon parle du bouclier des Amazones et en même temps de leur *pelte*, et par la *pelte* il entend ici la *bipenne*. Si leur bouclier a été ensuite nommé *pelte*, c'est qu'il ressemblait, dans sa forme échancrée, au fer de la hache, *balda* ou *pelta*.

Mais ce n'est qu'à une époque relativement moderne que des Amazones orientales furent établies dans l'Inde. L'empire chinois, fondé seulement sous les *Tsin*, ne nous les montre dans cette contrée que sous les dynasties *Song* et *Tang*, c'est-à-dire au plutôt en l'an 586 après Jésus-Christ. On les voit ensuite se rapprocher de plus en plus du Céleste-Empire et y être incorporés, vers l'an 793 de notre ère, après y avoir envoyé diverses ambassades.

Klaproth en parle avec détail, d'après les livres chinois; il parle des chevaux qu'elles élèvent, des villes et des maisons à plusieurs étages où elles habitent, de leurs monnaies en or, de leurs habits de serge verte, de leurs pelisses de peaux, de leurs brodequins lacés ou anaxyrides, du froment qu'elles savaient cultiver, de la justice qui régnait dans leur pays, de leur langue, qui était le sanscrit même, leur nom indien étant *Sofala-*

*niu-ko-tchu-ko*, c'est-à-dire .en sanscrit *Soubha-radjni-gotchara,* ou *pays de la belle reine.* Il dit enfin qu'outre cette reine , célèbre par sa beauté, elles avaient une seconde reine ou vice-reine et montre que Justin et d'autres auteurs attribuent aussi deux reines aux Amazones de Thémyscire, en Asie-Mineure.

Outre ce royaume situé entre Khoten et l'Inde et dont il donne les limites, Klaproth indique un autre royaume de femmes, vers le Caboulistan, à l'ouest de la chaîne des monts *Tsong-ling* , qui bornent au nord et au sud la Bactriane et embrassent le mont célèbre nommé *Pamer.* Enfin il observe que les livres chinois placent encore *vers la mer Caspienne* un ancien pays d'Amazo-nes, c'est-à-dire un royaume de femmes , sur lequel on donne à peu près, dit-il, les mêmes détails que sur celui de l'Inde.

D'après les notions précédentes et ce que disent sur les Amazones Hérodote , Justin , Strabon et autres auteurs anciens, il est évident que c'est le pays des femmes guerrières voisines de la mer Caspienne qui est la souche primitive de tous ces divers *royaumes de femmes.* Il est visible aussi que les monuments grecs, indiens et chinois par-lent des mêmes guerrières , femmes du *Khoua-resme,* du *Caucase,* du *Kurdistan,* de la *Sarmatie* et de la *Médie,* contrées toutes situées au sud ou à l'ouest de la mer Caspienne et recelant, encore aujourd'hui, des femmes intrépides, qui, avec ou sans leurs maris, savent au besoin combattre et défendre leurs foyers.

On doit remarquer que les *pierres de haches,*

pierres de jade vert et fort dur, ont été nommées *pierres des Amazones*, aussi bien que les émeraudes, d'un si beau vert. C'est parce qu'on a trouvé de ces pierres vertes sur le bord du *fleuve des Amazones*, en Amérique, que ce fleuve a reçu le nom de ces femmes guerrières et armées de *haches de pierres vertes*. Il y avait donc des armes de pierre, non-seulement dans l'âge antédiluvien, mais encore à des époques fort éloignées du déluge. On est généralement trop porté à reculer l'âge des instruments en pierre taillée.

Mais les Amazones eurent bientôt aussi des haches de l'acier le plus dur, puisque Strabon, citant Homère (livre XII), sur les *Halyzones* du pays d'*Alibé* ou des *Chalybes*, habiles dans la métallurgie, parle de Démétrius de Scepsis, lisant ici le nom des *Amazones* ou lieu de celui des *Halyzones*.

On a vu précédemment que les épées-poignards *Mo-ye* sont également de l'invention des Amazones.

Quant à la venue des Tartares et de leurs femmes guerrières en Amérique, on peut voir le *Voyage de Cibola*, par Castaneda, dans la belle et utile collection de M. Ternaux-Compans.

Les noms que les anciens donnaient aux armes des Amazones nous ont amené à ces belles races blondes et à cheveux bouclés des *Alains*, *Ossètes* ou *Ases*, du *Caucase*, peuples compris sous le nom général d'Indo-Germains. Il en sera de même pour les noms géographiques que cette race civilisatrice et conquérante transportait partout avec elle.

Les Amazones habitaient sur le Don ou Tanaïs, fleuve aussi nommé *Amazonius*, parce qu'elles se baignaient dans ses eaux. Or, partout où des Amazones se sont établies, elles ont donné à leur fleuve le nom de *Thermodon*, qui rappelle l'eau chaude des bains russes.

Les noms antiques d'*Eridan*, de *Jourdain*, de *Danube*, de *Thermodon*, tiennent à la même racine *don* ou *dan* (1), qui signifie *eau* et *fleuve* en langue mède ou en langue indo-germaine des Ases, Alaïns, Ossètes, Sarmates.

Ces valeurs sont prises à Klaproth (2), qui admet lui-même, sans toutefois parler des Amazones, l'identité des Ases, Alains, Mèdes, Sarmates. Cette identité nous ramène à Médée, véritable amazone, à Jason, à Médus, son fils, et aux origines grecques et indo-germaniques les plus anciennes.

Dans son *Essai sur les noms d'hommes et de peuples*, Eusèbe Salverte a fait un très-bon résumé contenant à peu près tout ce que les anciens ont dit des Amazones. Avec raison il admet leur existence, à tort niée par Humboldt et bien d'autres auteurs modernes. Il les croit d'origine ase et scythe et il a d'autant plus raison ici, que les textes chinois disent en effet : « *Sse Ta-tan.* — Elles ressemblent aux Tartares, » c'est-à-dire

(1) Voir une petite dissertation sur la racine *don*, *dan* ou *tan*, dans le *Guide de l'amateur et de l'étranger à Lyon*, par M. Adrien Peladan fils, p. 195 à 199.

(2) *Vocabulaires des langues du Caucase*, voyage en Géorgie.

à ces *Scythes* et *Turcomans* pasteurs, dont *Dardanus* fut en Grèce le type ancien et dont les *Dardanelles* portent encore le nom.

Le T et le Γ grecs sont fort sujets à se confondre, dans les manuscrits. Quand Strabon seul nous dit que « c'est des *Gargares* que les Amazones du Caucase obtiennent des enfants, se réunissant avec eux tous les ans pendant deux mois, » il est évident que son texte est altéré et qu'il faut y lire les *Tartares*, peuples du nord de l'Asie ou du sombre empire de Pluton , roi des Enfers et du Tartare mythologique.

Le nom de *Ta-tan* , qu'on dit aussi *Ta-tan-tsu*, est le même que celui de *Dardanus*, car le D et le T se permutent, et les Chinois ne peuvent prononcer l'R. Ce nom significatif, de toute antiquité dans l'Asie-Mineure, renferme une indication des habits de *peau , ke* , de ces peuples du Nord.

La Chine n'ayant eu d'histoire propre qu'après la ruine de l'empire grec de Bactriane , ce n'est qu'à une époque bien plus moderne , que les livres chinois parlent des guerres des *Ta-tan* et des *Mong-kou* ou Mongols (1).

Les guerres dévastatrices des Tartares , des Turcs et des Mongols avaient lieu sur les confins du vaste désert nommé *Cha-mou* , qui traverse l'Asie orientale, et où les Amazones ont dû souvent combattre les barbares de l'Est. Or , il est remarquable que le mot *mou*, qui se lit ici, est

---

(1) On peut consulter à cet égard les suppléments à d'Herbelot , par le docte Père Visdelou , évêque de Claudiopolis.

employé par l'Encyclopédie japonaise pour désigner les *amazones tartares* , les *Niu-mou*. La seule différence qui existe est que , par rapport au groupe *mou*, la clef de l'eau est au côté gauche dans le nom du désert et en dessous dans le nom des femmes guerrières.

Ce que la Bible raconte de la reine de Saba , venant visiter Salomon ; ce qu'à la même époque les annales conservées en Chine disent de l'empereur *Mou-vang* , qui est visité par la célèbre reine *Sy-vang-mou*, c'est-à-dire par la *mère du roi d'Occident* ou la *mère royale d'Occident* (1) ; ce que Quinte-Curce (2) nous rapporte de Thalestris, reine des Amazones, venant trouver Alexandre pour en avoir des enfants, tout cela paraît se rapporter à un seul et même fait, celui que mentionne la Bible et qui, plus ou moins altéré , se retrouve encore dans ces Amazones arabes ou occidentales que mentionne Diodore de Sicile.

Cet antique fait historique est singulièrement confirmé par le titre d'honneur donné à la reine des Amazones venues dans l'Inde, à une époque postérieure à notre ère (3). Ce titre est *Pin-tsieou*, et signifie *celle qui va au-devant (tsieou)* des *hôtes* ou des *rois étrangers (pin)*. Ceci rappelle donc *Thalestris*, venant en Hyrcanie au-devant d'Alexandre, et dont le nom a conservé sa forme indienne , puisqu'on y trouve *stri* , qui signifie

(1) Voyez le *Chou-king* , édition Deguignes , *discours préliminaire*, p. 83 , et texte, p. 285. *Mou-vang* régnait 1001 ans avant J.-C.

(2) Livre VI, ch. 5.

(3) Voir Klaproth, dans le *Magasin asiatique, op. citat.*

*vierge* ou *femme* en sanscrit, comme *niu* en chinois.

Pindare semble mentionner les femmes guerrières de l'Occident, quand il parle des Amazones combattant à la tête des troupes syriennes.

Suivant M. Léon de Laborde, on voit à Petra, en Arabie, des amazones armées de leur hache ou pelte, qui sont figurées comme gardiennes de certaines tombes d'une riche architecture.

On pourrait encore s'étendre beaucoup sur toutes ces matières ; mais ces détails suffisent pour établir l'existence de tribus héroïques d'*Amazones*, de *vierges Pallantides*, soit en Arabie, soit dans le Caucase et en Sarmatie, soit dans l'Inde du nord et de l'ouest, où les Afghans, on le sait, se disent issus des Arabes et des intrépides Albanais du Caucase, peuples eux-mêmes mêlés d'Arabes.

Outre l'invasion de Sésostris, le Caucase a reçu, à diverses reprises, des colonies juives, arabes et syriennes, et ce sont elles qui, voisines de l'Egypte, ont dû y apporter des idées d'art et de civilisation.

L'Inde, éternellement conquise, ne figure ici qu'à des époques beaucoup plus modernes et reçoit aussi ses conquérants des mêmes contrées caspiennes, centre antique de civilisation.

En envoyant une dissertation sur les Amazones, contenant une partie des recherches qui précèdent, à M. le Président de la Société royale de géographie de la Grande-Bretagne et d'Irlande, M. de Paravey lui disait, le 10 août 1839 :

« Il me semble que tous ces résultats sont positifs et susceptibles, M. le président, d'être indiqués dans les mémoires de votre honorable Société de géographie.

» A Paris, dans nos sociétés savantes, ces travaux seraient à peine entendus et mentionnés, bien que ces recherches aient occupé les meilleurs esprits; mais j'ose croire que vous apprécierez l'importance de ces résultats, fruit de vingt années d'études et de réflexions, et je les dépose dans vos archives, pour conserver au besoin la priorité de mes idées. »

Chev<sup>er</sup> de PARAVEY.

NOTES COMPLÉMENTAIRES, PAR ADRIEN PELADAN FILS.

Voici, sur les Centaures et sur les Amazones, quelques notes destinées à confirmer ou à éclaircir certains points de la dissertation de M. de Paravey.

Les Grecs représentaient les Centaures comme des géants grossiers et féroces, couverts de poil, menant une vie sauvage et adonnés brutalement au vin et aux femmes. Ils avaient pour armes des troncs d'arbre, des rochers, des tisons ou des lances. C'est au point que le nom de centaure était passé en proverbe chez les Grecs, pour qui ce mot peignait un homme brutal et féroce.

Ce portrait se rapporte assez aux figures de *Ting-ling* conservés en Chine ; mais parmi ces *Ting-ling* il en était de vénérables, et ceux-là rappellent les quelques Centaures honorés par l'antiquité, tels que Pholos et Chiron.

Pholos, connu par ses mœurs douces, reçut Hercule avec hospitalité. Hygin lui attribue l'in-

vention de la divination par l'inspection des en-
trailles et le range parmi les constellations.

Le plus célèbre des Centaures était le sage Chiron, appelé centaure par excellenec. Les Grecs
le représentent comme un habile archer. Après
sa mort, Jupiter le transporta parmi les astres,
où il est représenté par la constellation du *Sagittaire*. Il est renommé pour ses connaissances
nombreuses et variées, son caractère bienveil-
lant et sa vie héroïque. Diane et Apollon eux-mêmes lui avaient enseigné la chasse, la médecine
et la divination. Il instruisit à son tour un grand
nombre de héros, qu'il éleva sur le mont Pélion.
Homère le présente comme le précepteur d'A-
chille. On compte encore parmi ses élèves Jason,
Esculape, Actéon, Télamon, Thésée, Médios,
Céphale, Mélanion, Nestor, Amphiaraüs, Mé-
léagre, Hyppolyte, Palamède, Ulysse, Ménesthée,
Diomède, Castor, Pollux, Machaon, Podalire, An-
tiloque, Enée et Pélée, petit-fils de Chiron lui-
même, celui de ses élèves que son amitié préféra.

Il y a des choses bien extraordinaires dans ce
qu'on raconte de Chiron. Tel est le récit de sa
mort. Prométhée étant enchaîné sur le Caucase,
son supplice devait durer jusqu'à ce qu'un autre
dieu, se dévouant pour lui, descendît de bon
gré au Tartare. Chiron lui rendit ee service.

Les mythologues diffèrent sur l'origine des
Centaures. D'après l'opinion la plus générale, ils
étaient nés d'Ixion et de Néphélé, c'est-à-dire
d'un nuage que Jupiter substitua à Junon, mais
auquel il avait donné la forme de cette déesse.
On sait que *Néphélé* signifie *nuage*. Suivant Pin-

dare, d'Ixion et d'une nuée naquit Centauros. De là vient qu'on a donné aux Centaures le surnom de *Nubigenæ*.

Les Centaures étant, suivant M. de Paravey , des Scythes, qui étaient les auxiliaires des Amazones , avec lesquelles ils avaient des rapports intimes, une fois l'an, il s'ensuit qu'il n'existait point de *Centauresses* (1). On voit cependant sur les monuments des Centaures femelles , qui se distinguent par leur beauté extraordinaire. Je présume cependant qu'aucun texte ne parle de centauresses et que les derniers temps de l'art grécoromain en ont seuls représenté. Il ne faudrait donc voir là qu'une débauche d'imagination causée par un oubli des traditions anciennes.

On met les Centaures dans le domaine de la mythologie, et cette science peut en effet s'en occuper, puisque les arts plastiques leur donnent une forme imaginaire ; mais y placer aussi les Amazones, c'est fausser la notion des choses et des sciences.

Les anciens représentaient les Amazones comme des jeunes filles d'une constitution vigoureuse. Leurs armes se composent d'une lance, d'une hache d'armes, d'un bouclier semi-lunaire , d'un arc, d'un carquois, de flèches, d'une ceinture de guerre entourant les hanches et d'une épée attachée à un baudrier qu'elles portent en sautoir. Leur costume est de deux sortes : le dorien et le scythe. Ce dernier indique leur patrie , car il

(1) Des centauresses d'une étonnante beauté se voient dans les peintures de Pompéï , comme figures décoratives.

consiste en une fourrure qui couvre et serre étroi-
tement le corps entier jusqu'au cou et se complète par un manteau, une large ceinture placée
autour de la taille et un bonnet phrygien pour
coiffure.

Les traditions relatives aux Amazones les font
émigrer du Caucase dans l'Asie occidentale, notamment sur le Thermodon , passer dans les îles
de Lesbos et de Samothrace et s'avancer jusque
dans la Béotie et l'Attique. Dans le cours de leurs
expéditions, on dit qu'elles ont fondé Smyrne ,
Ephèse, Cymé, Myrine et Paphos.

Si, comme le suppose avec fondement le savant abbé Jolibois (1), les Atlantes sont allés en
Amérique , il en résulte que les Amazones ont
pu et dû s'y rendre également.

Qu'objecterait-on à l'existence des Amazones
qui soit plus fort que l'invraisemblance de leurs
mœurs ? Eh bien ! un exemple de cette associa-
tion de femmes guerrières subsiste encore en
Afrique. Dans la Nubie, près les bords de la mer
Rouge, existe une tribu de femmes qui fabrique
de longues lances appelées dans le pays *Sa-
baïah*. Ces femmes n'ont de rapports qu'avec les
hommes qui viennent leur acheter leurs armes.
Comme les anciennes Amazones, de leurs enfants
elles ne laissent vivre que les filles : elles tuent
les enfants mâles, prétendant que les hommes ne
sont propres qu'à faire naître le trouble et la
guerre (2).

(1) *Dissertation sur l'Atlantide*, Lyon , 1846, p.
67 et 68.

(2) Voir *Nubie*, par Cherubini, p. 44.

Roanne. — Imprimerie FERLAY.

www.ingramcontent.com/pod-product-compliance
Lightning Source LLC
Chambersburg PA
CBHW060743180626

46819CB00001B/79